Voici le héros principal
on dirait une banane.

Exact. C'est un léopard. Son nom est Gaspard.
Il habite dans la savane africaine, avec un gros tas
de copains et de copines.

Voilà-voilà-voilà. Maintenant que les présentations sont terminées, on démarre, d'accord ?

Gaspard le léopard

OAAAH!

UN MATCH
SUPERDINGO

arbitré par Gérard Moncomble
& Éric Gasté

Chut.
Ça commence.

Gaspard et Léa se baladent parmi les cocotiers.
Le soleil tape dur. C'est normal, en Afrique.
Léa a très soif.

Léa veut boire un coup ? Facile !
Gaspard repère une grosse noix de coco.
Elle doit être pleine de jus.
Arrivé tout en haut du cocotier, il…

FRRROUTT

Hin ! hin ! hin !

FRRROUTT

… se fait piquer la noix par Jack le vautour.
Mince de crotte de nez !

Héé !

Gaspard est furax. Ziiiip!
Il balance un caillou sur Jack,
qui le reçoit en pleine poire, clang!
et lâche la noix de coco.

Ziiiiip

CLANG

Aïe!

Jusque-là, c'est bien joué.
Hélas, ça va se gâter.

Bon,
j'attends, moi!

Suis attentivement
cette noix de coco!

BAM!

Devinez où on est ?
Sur le territoire de Léon, ennemi juré craché
de Gaspard. Aïe ! Comment récupérer
la noix de coco ?

Il a pas intérêt
à se pointer,
le Gaspard !

Poc

Poc

La noix de coco

Gaspard a l'air d'avoir un plan.
Il s'approche en sifflotant, l'air dégagé.

air
dégagé

Dans cinq secondes, hop !
il va bondir sur la noix
de coco et s'enfuir à toute
allure. Léon est trop
fainéant pour se donner
la peine de le poursuivre.

Oui, mais Gaspard oublie que sur le territoire de Léon…

… il y a aussi la bande à Léon !

Marcel le rhino !
Maryline la hyène ! Joël le boa !
Raymond le croco ! Rita la girafe !

Il faut songer à un autre plan, hein, Gaspard ?

Léa, qui attend toujours sa noix de coco,
demande à Gaspard s'il n'est pas
en train de se dégonfler.

Qui, moi?
Tu vas voir si
je me dégonfle.

BOUMBOUM

POUET

Gaspard appelle ses amis.
À plusieurs, on est moins
seuls. Et plus costauds.

Ils finissent
toujours
par venir.

Ah, les voilà.
D'abord le gros Bob,
avec son habituelle banane.

Ouiiii ?

T'empestes le chacal, Théo !

C'est du parfum, minus !

Puis Théo
et Ferdinand.
Toujours en train
de se chamailler,
ces deux-là.

Ah ! Ursula l'autruche est
là aussi. Super ! La plupart
du temps, elle a la varicelle.
Ça va, Ursula ?

SNif

À bart un bedit rhube, ça boume.

Gaspard leur explique la situation. Pour Bob,
c'est simple : il faut écrabouiller Léon et sa bande
comme des bouses de zébu !
Mais Gaspard a une meilleure idée.

Il expose son nouveau plan en détail.
Tout le monde est partant, sauf Ursula,
qui a un gros mal de tête en plus de son rhume.
Gaspard prévient que le plan ne fonctionnera
que s'il est appliqué *scrupuleusement*.

Euh... ça veut dire quoi,
« scrulupreusement » ?

Scru-pu-leu-se-ment. Sans
le moindre changement.
Exactement comme j'ai dit,
quoi. Tu te souviens ?

Non.

Bob, t'es
un vrai boulet !

Bon.
Je réexplique.

Ça, c'était le super plan de Gaspard.
Voyons maintenant comment ça va se passer **en vrai**.

Ma mare n'est pas une couche-culotte !

Fichez le camp !

Allez faire pipi chez vous !

CLONG

POK

PSSS

La noix ! Ce crétin de Marcel a lancé la noix ! Ramasse-la, Bob !

Ah non ! Nooooon, Bob !

CLONG

OUILLE

C'est complètement loupé. La noix de coco est toujours dans les griffes de Léon.
Et Léa commence à être de mauvaise humeur.

Gaspard fonce donc à la mare et propose à Léon
ceci : **un match de coco.**
Dingue !

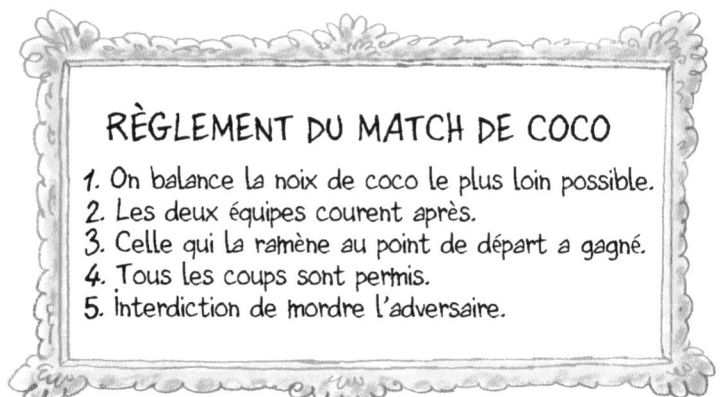

RÈGLEMENT DU MATCH DE COCO

1. On balance la noix de coco le plus loin possible.
2. Les deux équipes courent après.
3. Celle qui la ramène au point de départ a gagné.
4. Tous les coups sont permis.
5. Interdiction de mordre l'adversaire.

Ça te tente,
face de raie ?

Ça se pourrait.

Décide-toi,
face de crabe !

Arrête avec tes faces
de bidule et de brouf.
Ça va m'énerver.

C'est fait
pour. Alors,
face de pou ?

On y va.
Tu m'as
énervé, là.

Boudûûû ! Ça va se gâter !

J'aurais
brévéré vaire
bom-bom girl.

Grâce à Bob, qui lui a prêté
son casque de football américain
et ses genouillères, Ursula
a accepté de jouer.
Ça fait cinq contre cinq.
Tous prêts à courir
comme des fous.

Toi, tu ne joues pas, Joël.

Vous êtes prêts, les loulous ?

Bob et Rita sont
face à face. Allez !
Ça roule !

Rita attrape la noix
et la passe à Joël !

Et hop !

Joël
ne joue pas,
on a dit !

Quelle erreur ! Mais Marcel surgit ! Oui, Marcel !

Les deux équipes cavalent à fond les manettes.
La noix de coco est partie loin.
Très très loin. Dans la jungle !

Toi-même,
face de pet.

Une jungle remplie de bébêtes affreuses.
Des scorpions, des fourmis, des moustiques,
des sangsues, des araignées, des…

Du calme, les loulous ! C'était juste pour faire frissonner le lecteur. Là où vous allez, il n'y a que des coccinelles et des papillons !

Puisque je te le dis, Gaspard. Allez-y, quoi !

Attention! Marcel a pris un peu d'avance
sur les autres!

Pas pour longtemps!
Derrière, ça galope ventre à terre.
Aucun doute, c'est reparti!

Aïe, le pauvre
Marcel a
un souci,
on dirait !

Mais
les autres
ne sont pas
plus avancés.

Cette jungle est un bric-à-brac d'arbres, de lianes,
de mousses, de broussailles, de souches,
de racines. En plus des bébêtes affreuses.

Même Rita, qui domine largement
la situation, ne voit pas le moindre
bout de noix de coco.

La minute de repos ne sera pas inutile.
Les deux capitaines en profitent pour mettre
au point de nouvelles stratégies.

Tiens tiens...
Qu'est-ce que Gaspard
complote ?

La pause est terminée ! En piste, tout le monde !

Théo s'échappe avec la noix ! Bien joué, le zèbre !
(Mais en vrai ce n'est pas la noix, c'est une pierre
ronde. Ah ah ! Supermalin !)
Et c'est notre Gaspard qui a la noix de coco !

Bingoooo !

Bravo ! Gaspard champion
du monde ! Gaspard roi de la jungle !
La ruse a triomphé de la force.

Léa va être
fière de moi !

34

Mais qui est là, tapi dans l'herbe rase
de la savane ? Joël ! Joël qui n'a
pas pu jouer sans pattes.
Et voici ce qui arrive :

Ouch!

Hé!

Gaspard est-il cuit, archicuit ?
Joël le tricheur va-t-il terrasser notre héros ?
Et sous les yeux de Léa en plus !

T-T'as pas
le droit de
jouer, J-Joël!

Je vais me
gêner, tiens!

Hiiiiiii !!!

Non ! Son Gaspard est en danger ! Léa intervient.

Cette gazelle a du cran. Gaspard s'en sort bien.

Et voilà. Le match est fini.
Gaspard a gagné haut la main. Même Léon,
grand seigneur, le reconnaît. Les deux ennemis
jurés crachés se serrent la patte.

Hé, attendez-moi! Hé ho!

Création graphique : Bruno Douin (couverture)
Mise en pages : Graphicat (intérieur)

© 2010, Éditions Milan,
300, rue Léon-Joulin, 31101 Toulouse Cedex 9, France.
Loi 49-956 du 16 juillet 1949
sur les publications destinées à la jeunesse.
Dépôt légal : 4ᵉ trimestre 2011
ISBN : 978-2-7459-3916-6
www.editionsmilan.com
Imprimé en France par Pollina, 85400 Luçon - L57663B